concepción gráfica
y diseño de la colección:
Claret Serrahima

Primera edición: febrero de 1998

Consejo editorial: Josep M. Aloy, Xavier Blanch, Romà Dòria,
Mercè Escardó, Jesús Giralt, Marta Luna, Claret Serrahima

Maquetación: Montserrat Estévez
Producción: Francesc Villaubí

© **Jordi Vinyes**, 1997, por la adaptación
© **Cristina Losantos**, 1997, por las ilustraciones
© **La Galera, S.A. Editorial**, 1998, por la edición en lengua castellana

Asesoramiento literario: Mercè Escardó i Bas
Edición y coordinación editorial: Xavier Carrasco
Dirección editorial: Xavier Blanch

La Galera, S.A. Editorial
Diputació, 250 – 08007 Barcelona
www.enciclopedia-cat.com
secedit@grec.com
Impreso por Índice, S.L.
Fluvià, 81 – 08019 Barcelona

Depósito Legal: B. 2.631-1998
Printed in Spain
ISBN 84-246-1965-X

laGalera  popular

¡San Jorge! ¡San Jorge!

adaptación de Jordi Vinyes

ilustraciones de Cristina Losantos

Cuentan que hace muchos, muchos años,
cerca de la hermosa villa catalana de Montblanc,
en unas tierras pantanosas vivía un dragón terrorífico.
Su hambre era insaciable; se comía a todas las personas
y animales que encontraba.
Los caballeros que habían intentado matarlo
habían fracasado, y el dragón se los había zampado.
Todo el mundo vivía asustado.

Desesperados, los habitantes del lugar
convocaron una reunión y, para que no se los comiera a todos,
decidieron darle cada día un animal.

Así, día tras día, fueron desapareciendo las ovejas,
las cabras, los bueyes, las vacas, los caballos...
Hasta que no quedó ni uno.

— ¿Qué vamos a hacer? —se decían unos a otros,
con los pelos de punta sólo de pensar en el trágico final
que les aguardaba.

Entonces hicieron otra asamblea y, después de mucho
discutir, tomaron la dolorosa decisión de entregar al dragón,
cada día, uno de sus hijos menores de quince años.

Ponían en medio de la plaza una gran olla
con unos papelillos en los que estaban los nombres de todos.
Sacaban uno y al que le tocaba la mala suerte
se lo llevaban al dragón para que se lo comiera.

   ¡Cuánto llanto, cuántos corazones rotos!
   Pero ¿qué podían hacer?
Todo el mundo vivía amilanado,
los valientes habían muerto
y el dragón era demasiado grande,
demasiado fuerte, demasiado poderoso
para aquel pueblo pequeño de gente atemorizada.

Un día le tocó la mala suerte a la hija del rey.
Este rey estaba muy viejo y no tenía ningún hijo más.
El pobre hombre se pasó todo el día llorando y llorando.
Hasta que, de pronto, pensó que quizá lo podría arreglar.
Convocó a todo el pueblo y dijo:

Amigos, coged todo el oro, toda la plata
y todas las piedras preciosas, pero, por Dios,
¡dejad vivir a mi hija!

No —le contestaron—, la ley que hemos acordado
tiene que ser igual para todos. Ayer la desgracia
cayó sobre nuestros hijos, hoy le toca a tu hija.
La ley es dura, pero es la ley. Mañana le entregaremos
la princesa al dragón, ¡como todo el mundo!

El rey se quedó más muerto que vivo,
con la cara pálida como la ceniza.
Aquel día no pudo dormir en toda la noche.

A la mañana siguiente, todo el pueblo
acompañó a la princesa hasta donde vivía el dragón.

Había llegado el momento.

La dejaron sola a la orilla del agua. Todos callaron.

El silencio era angustioso. Ni un pajarillo se atrevía a piar.
Hacía calor. El sol caía a plomo. El día era pesado, sofocante.
Y allí estaba, completamente sola, la chiquilla,
la pequeña princesa.

De repente, las aguas verdosas empezaron a removerse.
Una garra asquerosa salió del agua.
Un escalofrío recorrió todos los corazones.
La princesa se quedó helada, muerta de miedo.
A continuación apareció otra garra,
la cabeza horrible y el cuerpo de la bestia monstruosa.
El dragón levantó sus zarpas y abrió la boca.
La princesa, aterrorizada, se tapó la cara con las manos.
Era el final...

Pero, en aquel momento, se abrió el cielo
y apareció un caballero montado en un caballo blanco,
vestido con una armadura de plata
y con una lanza bajo el brazo.

El caballero, cabalgando al galope,
fue directamente contra el monstruo
y empezó a luchar con él.
Por momentos parecía que el dragón
iba a aplastarlo como a un mosquito.
Pero finalmente el caballero se lanzó con toda su fuerza
y le clavó la lanza, que penetró hasta el centro mismo
del corazón del monstruo.

Con un grito espantoso, tremebundo,
el dragón cayó muerto.

El estallido de alegría fue inmenso, todos gritaban, se abrazaban, se besaban, saltaban, levantaban los brazos, aplaudían al caballero...

— ¡Somos libres! ¡Somos libres! —gritaban.

La princesa se echó en brazos del caballero.

— ¿Cómo te llamas? —le preguntó.

— Jorge —contestó él.

Entonces se produjo un hecho maravilloso.
De la tierra impregnada de la sangre del dragón
empezó a brotar un rosal, que al instante
floreció con un sinfín de rosas rojas bellísimas.

San Jorge cogió una y se la dio a la princesa.

— Toma, es la rosa del amor y de la libertad para ti y todo tu pueblo.

— Quédate con nosotros, Jorge, —le rogó la princesa.

— Os doy mi hija y la mitad de mi reino —le propuso el rey.

— Gracias —respondió el caballero—, muchas gracias, pero no puedo aceptar vuestra generosa oferta. Tengo que seguir mi camino. Tengo que ir por el mundo para ayudar a los que luchan por la libertad. Sed buenos y amaos. ¡Adiós!

La gente gritó:

¡San Jorge! ¡San Jorge! ¡Viva san Jorge!
¡Viva nuestro pueblo libre!

Y él empezó a alejarse montado en su caballo blanco,
tranquilo y con una sonrisa a flor de labios.
La armadura brillaba como el sol
y en el aire quedó un perfume de rosas.